KB059999

청어詩人選 365

틈새에 피는 꽃

황경연 시집

청어

틈새에 피는 꽃

시인의 말

지난여름의
지나쳤던 폭우와
거칠었던 태풍을 기억한다
폭풍우 속에서도 들꽃들은 싹을 틔워
저리도 의연하다
살아가는 것이나
시를 쓰는 것이나
사방에서 불어오는 바람 속에서
싹을 틔워 꽃을 피우는 일이다
폭풍우 속을 걸어온 지난날들을
이제는 다 털어내려 한다
흔들림 없는 가을 들꽃처럼
환하게 웃으며
저 들판에 서고 싶다

2022년 가을날
황 경 연

틈새에 피는 꽃

2부 쉬어가기

3부 그냥 살기로 해요

4부 여유

1부

그 동네 구랑리

우린 나란히 앉아 무언의 약속을 하려는 듯 돌탑을 쌓았다
살아간다는 것이 돌탑 쌓기라는 것을 그땐 알지 못한 채
자꾸만 무너지는 돌탑이 우리의 앞날을 암시하는 것만 같아
가슴이 아렸다

울타리

내 허리까지만 닿는
나무 울타리를 치고 싶다

높은 담장으로 감추어야 할 것이 아무것도 없는 나는
그저 안에서나 밖에서나 훤히 보이는 마당에
호박넝쿨 실하게 키워 밥공기만한 애호박 걸어 놓고

아침마다 이슬 깨트리며 노래 부르는 나팔꽃도 올리고
꽈리 열매 단풍보다 더 곱게 익을 때까지 기대어 설
딱 그만큼의 높이로 서 있고 싶다

울 밖에도 봉숭아꽃 나란히 심어
오가는 이 함께 손톱에 꽃물 들이는
안과 밖이 따로 없는 그런
허리까지만 닿는 나무 울타리를 치고 살고 싶다

감꽃

감꽃 피는 초여름이었습니다.
아버지는 새로 개발하는 광업소 일 나가시고
엄마는 기차 타고 점촌장으로
언니조차 4H 클럽 교육받으러 간 날
따가운 햇볕이 감나무 잎을 찰랑거리게 해도
마당 가득 허기가 켜켜로 쌓였습니다

보리밥 물 말아 먹어도 배는 채워지지 않아
감나무 아래 쪼그리고 앉아
떨어지는 감꽃을 주워 먹었지요

먹어도 배부르지 않은 떫은 감꽃을
무명실에 꿰어 목에 걸고
새끼손가락엔 감꽃반지도 끼웠습니다

와락 울고 싶었던 허기는
이내 살랑이는 바람을 타고
동구 밖으로 나가버리고

감나무잎 사이로 쏟아지는 햇살 받으며
떨어지는 감꽃 헤아리다
꽃목걸이 망가지는 줄도 모르고
양손 포개고 누워 잠들었습니다

유월의 강가에서

아무도 오지 않는 강가에 서면
강 건너 숲속의 무심한 소쩍새 소리만
바람을 타고 건너옵니다

소쩍새 소리에
개망초꽃이 수도 없이 연이어 피어나고
그 꽃망울만큼이나 많았던 사연들은
강물을 따라 흘러갑니다

척박한 땅 가물디 가문 유월에
가장 사랑스럽게 피어나는 저 망초꽃들이
곧 차례로 스러지듯이
이 어설픈 열정도 곧 스러질 것을 압니다

가장 고달팠던 인생 고비들을 떠올리며
작은 돌멩이 하나둘 강물에 던져봅니다

강물은 이내 잔잔해져
수천 가지의 번민들은 사라지고
내 마음도 저 강물처럼 고요해집니다

강 깊이 침잠된 내 아픔들도
무심한 소쩍새 소리 들으며
그곳에서 그렇게 편안해질 것입니다

소녀

하늘을 맴돌던 잠자리 사라지고
귓전을 때리던 매미 소리도 잠잠한
요양원의 오후
밥 좀 달라고
집에 좀 가자고
떼쓰던 치매 걸린 구순 할머니
봉숭아 꽃물 들이자고
열 손가락 무명천 동여매니
양 무릎에 얌전히 두 손 얹고
수줍게 앉아 졸고 있네
열여섯 소녀적 꿈이라도 꾸시는 게지
입꼬리 씰룩이며 웃기도 하시니

능소화 지다

허공에 천둥소리 요란하다
담장에 날벼락 치는 날에도
능소화 덩굴
여름 변주곡으로 찬란하다

꽃가루를 만지는 순간
두 눈이 멀어버리는 기막힌 사랑
가슴에 품은 채

태양은 아직 저리도 찬란한데
한 가닥 미련도 없이
송이째 툭 떨어지는
저 도도한 낙화

내 마지막도 저와 같아라
내 무덤도
능소화 꽃무덤만 같아라

구랑리역 풍경

달짝한 왕사탕을 잔뜩 기대하며
열두 시에 올 기차를
한 시간 전부터 기다렸다

고사리 팔러
첫 기차를 타고
점촌장으로 간 엄마는
열두 시 기차로 오지 않았다

참꽃* 가지 꺾어 들고 철길에 앉아
꽃잎 한 잎 떼어먹고
철로에 귀 한번 대어보다가
퍼어렇게 꽃물 든 입술로 선잠이 들었다

쩨애액 기적소리 요란하게
네 시 반 기차 들어오는 소리
참꽃 가지 팽개치고
총총 까치걸음 뛰며
엄마를, 왕사탕을 기다린다

역사(驛舍)도 없는 구랑리 간이역에
왁자한 장꾼들을 내려놓은 기차는
먹배이* 마을 어귀를 돌아
굉음을 울리며
가은으로 내달린다

엄마의 고단한 보자기 속엔
보리쌀 한 되 박과
쩐내 나는 고등어 한 손뿐

앞서가는 엄마 뒤
고개를 외로 꼬고
둔디미* 고갯마루 벌겋게 핀 참꽃만
애꿎게 툭툭 치며 걷는 걸음
소쩍새 울음소리
타박타박 따라오고 있었다

*참꽃: 진달래의 다른 이름. 진달래와 철쭉을 구분할 때 진달래는
　　　먹을 수 있다 하여 참꽃이라 함.
*먹배이, 둔디미: 구랑리역과 인접한 마을 이름.

사랑하는 법

내가 글씨를 배우기 전까진
우리 엄마 이름 박호순으로 알았다

아버지는 내게
니 엄마 이름은 호순이다 박호순
매일 말씀하셨다

엄마는 그때마다
멀쩡한 이름 두고
애한테 엉뚱하게 가르치냐고
뾰로통해지셨다

글씨를 깨우친 내게 아버지는
박호순을 거꾸로 읽어보라 하셨다

순호박!

하마터면 학교에서 엄마 이름
박호순으로 쓸 뻔했다

아버지는 엄마가
꽤나 예쁘셨나보다

뜨거운 홍시

찬 바람 쌀쌀히 부는 날
종이 줍는 아저씨
움츠린 어깨 안쓰러워
뜨거운 믹스커피 한 잔 드렸더니

오늘
내가 제일 좋아하는
홍시 세 알 내미는 아저씨 얼굴이
빠알간 홍시만큼이나 수줍습니다

믹스커피 두 잔과
홍시 세 알 마주 놓고
세상 사는 이야기 나누니

가슴이 아주아주 뜨거워져
다가올 동장군도
다 녹일 듯합니다

감꽃 2

감꽃 피는
초여름이었습니다
나이 지긋한 감나무 아래
동네 꼬마 아이들 서넛 모였습니다

사금파리에 감꽃 올려 밥상을 차리고
아부지 한 숟가락
엄마 한 숟가락
순이도 한 숟가락
떫은 꽃밥을 배불리 먹었습니다

배가 부른 까까머리 아부지는
감꽃 목걸이 정성스레 만들어
단발머리 엄마에게
수줍게 걸어 주었습니다

꽃밥 맛있게 나눠 먹던 순이는
산머루 닮은 눈망울에 눈물을 글썽이더니
나도 엄마 하고 싶어 외치고는
수북이 쌓인 감꽃을 콱콱 밟으며
사립문 밖으로 뛰어 나가버리고
시원한 바람이
발개진 단발머리 엄마의 뺨을
스치고 지나갔습니다

용감한 소년

산 좋고 물 맑은 우리 동네로 소풍 오는
도회지 사람들이 부러웠던
초등학교 4학년 때의 일이다

큰 덩치에 호기심 넘치는 6학년 오빠는 어느 날
저 험한 계곡을 거슬러 올라
제일 높은 산봉우리를 넘고 오자는
당찬 탐험 계획을 어린 내게 말했다

보자기에 냄비와 라면을 싸고
어른들도 꺼리는 계곡을 향하여
강종거리며 오빠 뒤를 따랐다

처음 가 본 문바위골은
어린 두 아이의 심장이 오그라들 만큼이나
깊고도 무서웠다

오빠만 있으면 두려울 게 없었던 나는
갈수록 깊고 어두워지는 계곡이 점점 무서워졌지만
돌아가자는 말도 못 한 채
울고 싶은 마음 꾹 참고 있었다

가도 가도 끝이 없는 산속이 무서웠는지
그 용감한 오빠가 갑자기 왕왕 큰 소리로
산이 떠나갈 듯 울어버리는 것이었다
나도 따라 엉엉 울었다

한바탕 울고 난 용감한 소년은
풀죽은 목소리로
그만 돌아가자고 말했다

처음이자 마지막이었던 위대한 탐험길은
실패로 끝이 났지만
내 마음속 영원한 영웅인 오빠 손 꼭 잡고
돌아오는 산길이 다정하게만 느껴지던
유년의 어느 날이었다

가을밤

내 창가에
달빛 아련하게 비추고
귀뚜라미 울음 깊어질수록
당신 생각도 점점 깊어집니다

틈새에 피는 꽃

골목길 틈새에
제비꽃이 피었다

햇볕은 언제나
잘 정돈된 정원의 목련나무만을 쪼여
크고 환한 꽃등을 밝히지만

별이나 달도 내려오지 않는
그 틈새에도
꽃은 핀다

간절한 소망은 어디서나
꽃으로 피리니

아픔을 삼키고
질기게 뿌리내려
조그만 등불 하나 밝힌
고귀한 꽃 한 송이

그 동네 구랑리

가은에서 점촌으로 기차 통학을 하던 고등학교 시절이었다

그 애와 나는 하교하는 기차에서 특별한 약속 없이도 종종 구랑리 간이역에 내리곤 하였다

아카시아 향내가 교복 카라 위로, 치마폭 사이로 와락 달려들어 나도 모르게 얼굴이 붉어지며 숨이 차는 저녁나절이었다

기찻길 건너 해묵은 소나무 숲을 지날 때 무섭도록 솨아솨아 거리는 바람 소리가 둘 사이의 적막을 깨 주었다

소나무 숲을 두 개 지나 다다른 강변에 앉아 강물이 얼마나 고요히 흐르는지 바라보곤 하였다. 그 고요가 견디기 힘들어질 때쯤이면 까까머리 그 아이는 잔잔한 수면 위로 돌팔매를 던져 물수제비를 뜨는 신기한 재주를 보여 주었고 나는 물 위로 튕기는 물수제비의 개수를 아주 작은 목소리로 헤아렸다

얼마나 설레고 가슴 벅찬 날들이었는지

시간은 강물처럼 빨리 흘렀다

아버지의 병환으로 가세가 기울어 내가 고등학교를 자퇴하고 대구에 있는 염색 공장으로 떠나기 전날 우리는 또 약속의 신호도 없이 구랑리 역에서 내렸다

그 아이는 손 한번 잡아주지 못하고 위로의 말 한마디 못하는 것이 화가 나는지 물수제비를 몇 번 뜨다가 커다란 돌덩이를 강 가운데로 에잇! 하고 던져 버렸다

그리곤 우린 나란히 앉아 무언의 약속을 하려는 듯 돌탑을 쌓았다

살아간다는 것이 돌탑 쌓기라는 것을 그땐 알지 못한 채 자꾸만 무너지는 돌탑이 우리의 앞날을 암시하는 것만 같아 가슴이 아렸다

다음날 대구로 가는 기차가 구랑리 역을 지날 때 처음으로 헤어지는 부모님의 주름진 얼굴과 애달픈 눈빛, 그리고 그 아이의 눈물에 젖은 얼굴을 속울음을 삼켜가며 차창 너머로 오래오래 바라보았고 구랑리역 플랫폼엔 아카시아 꽃잎만 흐늘흐늘 떨어지고 있었다

그 집 앞에서
-박경리 공원에서

늙은 그녀가 호미로 텃밭 일구어
배추 심고, 고추 심고, 상추 심고
고독한 세월
고양이와 함께 살았다는 그 집 앞에서
그녀를 생각한다

달빛 스며드는 차가운 밤엔
책상 하나 원고지 펜 하나에 의지하여
사마천을 생각했다는
청상이 된 그녀가 지키려 했던 숭고한 것들과
평사리의 최참판댁 어린 서희가
목숨 걸고 지키려 했던 토지는
어쩌면 매한가지였으리

이 집에 이사 온 후
쐐기와 말벌에 쏘이고 가시나무에 찔려
피투성이가 된 것 보다
차마 견딜 수 없는 것은
나보다 못산다, 잘산다 하여
나보다 못났다, 잘났다 하여
검이 되고 화살이 되는
그 쾌락의 눈동자였다는
고백의 시구절이

오월의 눈부신 신록과 햇살 아래서도
내 간장을 서늘하게 만들어
가슴 깊은 곳
그녀의 형형한 눈동자 떠올리며
가만히 눈을 감는다

봄눈

늙은 목련나무
마지막 성대한 잔치를 위해
욕심껏 가지마다 탱글한 겨울눈 키워
꽃피울 날만 기다리는데

성질 급한 봄님
따사로운 햇살만으론 모자라
때아닌 눈까지 불러와
목련꽃보다 더 환한
등불 밝혀놓았네

객사(客死)

며칠이나 퍼붓던 폭우는 멎고
태양이 이글거리는 오후
인적 드문 좁은 길에서 맞닥뜨린 죽은 뱀 한 마리
주린 배 채우러 나온 길이
트럭 바퀴에 깔려 황천길이 될 줄
어찌 알았으리
일순간 맞은 죽음으로
한 번의 비명이나 몸부림도 못 친 채
뙤약볕 아래 개미 떼에게
소신공양 올렸으니
그 거룩한 공양 공덕으로 극락왕생할진저

달맞이꽃

풀벌레 소리도
달빛에 고요해진 밤
달맞이꽃 화르륵 피어나는 뚝방길에서
우리는 처음 만났다
수줍게 새끼손가락을 잡으니
노오란 꽃잎이 파르르 날갯짓하고
우리의 숨소리는 하늘로 올라가
메아리 같은 달무리가 되었다

첫눈

내 고단한 창을
소리 없이 두드리는 다정한 함성
하, 반가운 마음에
화들짝 문을 여니
하얗게 너울거리는 춤사위
홀연히 다가온
그대 속삭임이런가
설렘으로 깨어나는 이 가슴

공순이의 꿈

1980년대 초의 어느 가을날

누가 보아도 한눈에
산업체 고등학교 학생임을 알 수 있는
내겐 자랑스럽기만 한 교복을 입고
헐레벌떡 학교로 가고 있었다

빛나는 일류 고등학교 교복을 입고
건들거리며 지나던 남학생이 던진 말
공순아, 그것도 학교라고 가냐
나랑 땡땡이나 치자

새벽부터 신발공장 생산라인에서
고무 냄새 지독한 운동화 재봉질로
녹초가 되었던 수출 산업 역군의 세포가
고슴도치 가시가 되어 순식간에 일어났지만
능글맞게 웃고 있는 남학생 앞을
죄인인 양 황급히 뛰어 지나며

터지는 울음 참으려 올려 본 하늘
희미하게 떠오른 반달엔
움푹한 엄마 얼굴로 가득했다

장난으로 던진 그 남학생의 돌팔매가
남몰래 단단한 꿈을 키우게 한
평생 잊지 못할 한마디가 되어

단단한 꿈 하나 또 키우는
유난히도 하늘이 높은
30년도 더 흐른 이 가을

2부

쉬어가기

아름드리 꿀밤나무에 기대어
찬연히 떠오르는 달
두 팔을 벌려 가슴 가득 품어보렴
그대 고단한 마음
저 환한 달에 걸린 구름처럼 안온해질지니

호박잎 쌈

고향에서 왔다는
호박잎 쌈 반가워
강된장 한 숟가락 듬뿍 얹어
볼이 미어지도록 한 쌈을 쌉니다

입안 가득
떫떨한 고향 맛이
곰실곰실 배어 나오고
어무이 넘치는 정 사무쳐 올 때

그리움인지
반가움인지
까닭 모를 눈물이 눈꼬리를 적시는데

강된장에 든
고추 평계를 대며
버무려진 한 쌈 꿀꺽 삼키니

허기졌던 내 마음이
순식간에
흐뭇해집니다

망월사 부처님

지는 단풍이 아쉬워
헐레벌떡 찾은
남한산성 망월사

극락보전 부처님께
건성건성 인사드리고
법당 문지방을 넘는데

하얀 개 두 마리 다가와
마주친 그 눈이
하도 맑고 깊어

나도 모르게 개들에게
합장하여 허리를 낮추고

가을이 간다고
세월이 간다고
부산하던 마음이 이내
고요해집니다

희망의 노래

그 노래는 정말
꿈을 꾸게 하는 노래였어요

온종일 생산 목표량을 맞추느라
고개 한번 들지 못하고
멀건 우거짓국에 찐 밥 말아
허기를 달래고 달려간
운동장도 없는 초라한 5층 건물이
희망의 야간학교였어요

영어 시간 수학 시간
졸음을 이기지 못해
우리 반 아이들 모조리 쓰러져 자버린 적도 있어요

하지만
일주일에 한두 번 음악 시간엔
우리 눈에 별이 총총히 떴답니다

늙은 음악 선생님은
낡아빠진 풍금 반주에 맞추어
별의별 노래를 다 가르쳐 주며
불러라 불러라
목청 높여 부르라고 하셨어요

가고파를 부를 땐
두고 온 고향을 그리며
눈물도 흘렸지만

마지막엔 언제나
밤은 지나가고 환한 새벽 온다
종을 크게 울려라
자유 평등 평화 행복 가득한 곳
희망의 나라로를 불렀어요

크게 더 크게 부를수록
우리 마음엔 환한 꽃들이 피어나고
꿈은 푸르게 푸르게 자라났지요

덕분에 나는
만나는 사람마다
희망의 노래 함께 부르는
질경이처럼 강인한 사람이 되었답니다

그 노래는 정말
꿈을 꾸게 하는 멋진 노래예요

구절초

기나긴 여름 동안
소박한 사람들의 사연 들으며
소리 없이 흐르던 은하수는
마침내 구월 구일이 되자
저 산으로 들로 강가로 쏟아져 내려
마디마디 간절한 소망 새겨
파아란 하늘 우러르는 구절초꽃으로
하얗게 하얗게 피어나고 있습니다

허기

오늘
까닭 모를 허기를 이기지 못해
들길을 걸었습니다

이생과의 이별을 준비하느라
잎을 말리는 강아지풀과
텅 빈 들판이
헛헛함을 더하고

이별의 의미를 생각하며
조붓한 논두렁을 지나고
작은 개울을 건널 때

문득 저 멀리 떠오른
당신 닮은
하이얀 반달

내 허기의 까닭은
다가갈 수 없는
당신이었나 봅니다

울 언니

맨드라미 붉게 영그는 가을이면
엄마 같은 울 언니가 생각나요

언니는 해마다
맨드라미 꽃잎 얹어
빛깔 고운 술떡을 만들었어요
술떡에 아롱진 꽃물은
언니의 꿈처럼 선명했어요

대처로 한 번 나가보지도 못한 채
이미자 같은 가수가 되고픈 꿈을
고스란히 접어버린 울 언니

집안일이나 들일을 황소처럼 할 때나
동생들을 보살필 때도
하늘 향해 깔깔 웃어젖히고
목에 피가 날 만큼 노래를 불렀지요

장독대 옆 쪼그리고 앉아
붉게 익어가는 꽃잎을 보면
까맣게 영근 씨앗이
언니가 다져온 세월만 같아
왈칵 눈물이 나요

장닭의 벼슬 닮은 고고한 꽃잎을 보면
세상에서 제일 강한 언니 얼굴이 떠올라요
온갖 풍파 이겨내고 이제는
보살님 미소 짓는
울 언니가 그리워져요

배차적* 연가

늦은 오후
추적추적 내리는 빗소리에는
멀고도 오래된 고향의 노래가 실려 있습니다

그런 날 나는
논고랑 밭고랑을 연상시키는
그물맥이 선명한 배춧잎에
멀건 밀가루 반죽 대충 입혀
배차적을 굽습니다

토끼와 소를 키우고 누에를 치고
돈 된다는 일은 죽어라 하여도
얇기만 했던 아버지 주머니처럼
얄부리하게 부쳐야만 제맛이 납니다

농사일이 없는 겨울에는 광부가 되어
얼굴에 탄가루 묻히고 돌아온 아버지
부뚜막에 걸터앉은 채
덜척지근한 배차적으로
컬컬한 목을 씻으셨지요

오롱조롱 둘러앉아
배차적을 찢어 먹던 오누이들은
이젠 그때의 아버지보다도
나이가 많은 어른들이 되었습니다

내 묵은 기억들은 끝도 없이 떠올라
배차적 굽는 소리와 빗소리 사이에서
눈물이 질금 나도록 뜨겁습니다

배차적이나 부쳐 먹자는 말을
습관처럼 하는 그 사람은 필시
얄부리하고 덜적지근한 추억을 간직한 사람일 것입니다
그리고
그 시절이 그리운 사람입니다

배차적을 배추전이라고 표준말로 부르는 순간
그만 맛이 없어진다는 것을 아는
그런 사람을 위하여
나는 언제라도
배차적을 구울 준비가 되어 있습니다
오늘같이 비가 오는 날이 아니어도 말입니다

*배차적: 배추전의 경상도 사투리.

시골집 오후

나 죽을 때까지
이 집에서 내 손으로
밥 끓여 먹고 살겠다던 고집 센 할무이
정신줄 놓으시고 요양원으로 가서
이젠 다시
돌아올 수 없는 줄도 모르고

능소화 흐드러진 담장 위
늙은 고양이 게으른 하품만

슬픈 파티

가을 햇볕 따가운 요양원 마당에
어르신 생신 잔치가 열렸습니다

떡과 과일 조촐하게 차리고
촛불 켜고 폭죽도 터트리는데

고깔모자 쓴 어르신
만사가 귀찮아 눈만 감고 계십니다

분위기 띄우려는 직원들 호들갑에 못 이겨
억지로 눈을 뜬 어르신
짧은 순간 희미하게 웃으시는데

축하 노래 부르는 나는
왜 눈물이 날까요

쉬어가기

초가을 저물 무렵
삼태기산 꿀밤나무 아래에 앉아보렴
어깨 위 무거운 짐 내려놓고
그저 편한 다리쉼을 하다가

코끝을 간질이는
달콤한 칡꽃 향기에 취해도 보고
산 아래 논배미에 익어가는
구수한 나락 내음도 배부르게 마셔보렴

지난 일을 후회하지도 말고
뉘엿뉘엿 넘어가는
황홀한 노을빛 바라보며
푸르른 귀뚜라미 노래에 장단 맞추어
잊었던 연가 소리 내어 불러보렴

어디로 갈 것인지
걱정일랑 벗어 놓고
결리는 등줄기
그저
아름드리 꿀밤나무에 기대어
찬연히 떠오르는 달
두 팔을 벌려
가슴 가득 품어보렴

그대 고단한 마음
저 환한 달에 걸린 구름처럼
안온해질지니

지지 않는 꽃

어느 시인의 말처럼
우리는 정말
누군가 나의 이름을 불러주었을 때
비로소 꽃이 되는 것일까

아니 아니
세월을 거슬러 저 태곳적부터
우린 이미 완전한 그 무엇이었다
이름을 불러주는 이 아무도 없어도
그냥 그렇게 꽃이다

저마다 역경의 빛깔과 시련의 향기로
피고 지고 이렇게 또 한 송이 한 송이
피어나고 있는 것이다

우리는 모두
더 아름다워지지 않아도
더 향기로워지지 않아도
억겁의 풍파를 품은
영원히 지지 않는 꽃이다

흐뭇한 풍경

가을 햇볕 따사로운 어느 날
노란 공공근로 조끼를 입은 노인 열댓 명이
공원 잔디밭에 앉아 점심을 먹는다

인상파인가 하는 화가 양반의
'풀밭 위의 점심 식사'라는 그림이 떠올라
흐뭇하게 웃고 있는데

식사를 마친 노인들 행동도 가지가지
몇은 팔베개하고 드러눕고
몇은 옹기종기 모여 수다를 떨고

에구머니나
한 할무이
가려줄 것 아무것도 없는 잔디밭에서
허연 속살 드러내고
당당하게 볼일을 보고 있네

그 동네 구랑리 2

사방이 병풍 같은 산들로 에워싸이고
영강이 솔밭을 휘감아 흐르는
그 작은 산골동네
태어나 십육 년을 살았다

강 건너 앞산의 진달래 빛이 짙어 갈수록
뻐꾸기는 크게 울었고
그때마다 까닭 모를 울렁거림을 느꼈다

코스모스 어지럽도록 핀 신작로를 걸을 때나
강 따라 산 따라 달리는 기찻길을
솔 향기 맡으며 걸을 때나

밤하늘을 수놓은 별 중에
아득히 멀어지는 별똥별을 볼 때도
꿈을 찾아 떠나고픈 마음에
작은 가슴은 열병으로 들끓었다

그땐 그랬다
도회로 나가면 멀리로 떠나면
근사하고 훌륭한 그 무엇이 될 것 같아
어디론가 떠나고만 싶었다

그토록 갈망했던 대처로 나가
공부를 하고 직장을 다니고
결혼해 아이 낳아 키우며
팍팍한 현실과 부딪칠 때면

그 작은 동네를 떠올리며
나를 다시 추스르고
그 산천을 그리워하며
십육 년의 몇 배를 살았다

아,
모진 세월 살아내고
근사하지도 훌륭하지도 않은
중년의 내가 돌아가 고단한 삶 뉘고 싶은
그 동네 구랑리

시(詩)를 찾아서

무서리가 눈처럼 하얗게 내린
늦은 가을날

멋진 시를 한 편 써 보겠다고
야무지게 맘을 먹고 홀로 찾은
문경 관문길

과거급제의
경사스러운 소식을 들었다는 곳
그 이름 문경이니
내게도 경사스런 소식 있으려나

포실한 마사톳길 맨발로 걷다가
계곡 너럭바위에
팔베개 하고 누웠겠다

돌돌 구르는 물소리에 취해
나지막이 콧노래 부를 때
빠알간 단풍 한 잎 떨어지며
속삭이네

시를 쓰겠다고 맘먹지 말게나
살다가 저물면 미련 없이
그냥 가는 것

그것이 시라고
그것이 인생이라고

해후

지리한 여름내
펄펄 끓는 태양을 등에 업고
너만을 기다렸다

애끓는 목마름에 사지를 뒤틀어
그 흔한 풀 향기조차
피울 수 없을 즈음

너는
내 안에 깊이 숨겨둔 거문고를
가라랑 가라랑 울리며
가랑비로 나리고

나는
너만을 위해
걸어 두었던 빗장을
가만가만 열어젖힌다

가을밤에

나지막이 소곤거리는 소리 있어 나가보니
휘영청 밝은 달에 걸친 구름만
두고 온 고향산천 그리며 노닐고 있네
아, 그 시절
동무들과 거닐던 솔밭길 비추이던
다정한 그달이 예까지 찾아와
텅 빈 가슴 채워 주네

애달프게 부르는 소리 있어 나가보니
창백한 달빛 아래 귀뚜라미만
두고 온 고향 개울목 소리 내며 울고 있네
아, 그 시절
그 애와 거닐던 코스모스길 비추이던
아련한 그달이 예까지 찾아와
그리운 맘 달래 주네

일등공신

인적 드문 가을 들길에
날날히 널어놓은 나락 몇 이랑

졸졸 그은 이랑에서 풍기는
햅쌀밥 뜸 들이는 구수한 내음

허기진 마음에 나락 한 톨 깨물어보니
개구리 소리, 논물 흐르는 소리 그리고
별빛 달빛 햇살 바람 한 줄기까지

결실을 맺게 한 공신들이
와르르 쏟아져 나와
내 헐빈한 시장기를 채운다

나락 한 톨 잘 여물도록
아무것도 한 게 없다는
염치없는 마음에

농부의 아내처럼 쪼그리고 앉아
이리저리 나락 톨을 뒤집어
놀고 있는 햇볕을 분주하게 만들고는

나도 이 위대한 결실에
큰 공이라도 세운 듯이
의기양양 걸어가는 등 뒤가 따갑다

살다 보면

퇴근 시간
고단함이 넘쳐나는
지하철 2호선 구로역을 지날 때쯤

언성 높여 통화하는 젊은 남자에게
머리칼 파삭한 중년 여인네
-조용히 좀 통화하시죠

아이 맡기는 문제가
이리 어려워서 살겠냐고
핏대 세우던 젊은 남자

악에 받친 목소리로 되려 호통치는 말
-나 너무 힘드니까 당신이 좀 참으세요
 살다 보면 그럴 때 있잖아요
 살다 보면

중년 여인네
기막힌 표정을 짓지만

젊은 남자의 성난 어깨가 너무도 측은해
나도 모르게 내뱉은 말
-살다 보면 그럴 때 있지요
 아무렴 있지요
 살다 보면

그 강가

노을이 타고 있다
노을은 물속에 들어가
제 몸을 식히는데

우아한 고니 떼
그 열기에 놀라
홰를 치며 날아오르고

고니의 날갯짓에 놀란
바싹 마른 억새가
널 기다리는 내 맘인 양
바르르 떨고 있다

3부

그냥 살기로 해요

얼었던 강이 녹고 새순이 돋아 잎을 피워도
그저 바라만 보아요
다만 더 자주 바라봐주고 그윽이 미소 짓는다면
다가올 세월이 그다지 모질지만은 않을 거예요

때

언제부터였을까

저 꽃집의 화려한 장미보다
개천가에 지천으로 피어난 애기똥풀이
더 예쁘게 느껴지기 시작한 때는

거꾸로 피는 꽃

요양원 마당에
거꾸로 매달려 땅으로만 향기를 뿜는
천사의나팔꽃이 피었습니다

지루한 요양원의 하루가 저물면
이내 황금빛 금관의 소리
팡팡 쏟아집니다

황혼의 만찬을 벌이도록
천사들은 나팔을 걸어 두고
하늘로 올라가지만

덧없는 것이 세월이라고, 인생이라고
차마 청청한 하늘 향해 말할 순 없어
천사의 입술 없이도
땅으로만 땅으로만
소리를 쏟아냅니다

대지의 관 뚜껑이 열리기만 기다리는 백발노인
창문 밖 거꾸로 쏟아지는 애달픈 세레나데
꽃의 환청 들으며 그만
고개를 수그립니다

오빠야

오빠야
윗동네 텔레비전 연속극 보러 갔다가
동네 아이들 모두 뛰어 가버린 뒤
열 살 먹은 동생을 업고
달빛 환한 신작로를 힘겹게 걸으며
우리 동생 내가 지켜줄게 하고
큰소리치던 두 살 더 먹은 일찍 철든 오빠야

이웃 동네 까까머리 남학생으로부터 지켜주겠다고
내게 편지라도 보내는 남자아이들은
모조리 때려주어 아이들을 벌벌 떨게 하던
남녀 공학 학교를 선후배로 다닌
배짱 두둑한 중학생 오빠야

가을 축제 시화전에 초대해
내 손 꼭 잡고 여자 친구인 척 연기하고
연대장이 되어 전교생을 호령하며
장군처럼 호기로운 고등학교 3학년 된 오빠야

경찰관이 되어
내 다니는 학교 근처 파출소에 발령받아
힘겹게 야간대학 다니는 나를 지켜주던
스물다섯 살 된 청년 오빠야

아무도 기억해 주지 않는 내 생일날
커다란 꽃바구니 보내어
내 휑한 가슴에 눈물꽃 피우게 한
두 아이의 아버지 된 마흔다섯 살의 자상한 오빠야

정년퇴직 앞두고 고향으로 발령받아
이 동네 산으로 저 동네 강으로
사건을 추억으로 만들며 사는
쉰일곱 살 된 여유로운 오빠야

내 평생의 파수꾼이 되어 준 오빠야
다음 어느 생에는
내가 누나가 되어 지켜 주고픈
언제나 그리운 나의 오빠야
참 고마운 오빠야

그냥 살기로 해요

무언가 새로운 출발을 하며
억지 꿈이라도 만들어 놓고
그 얼마나 많은 다짐들을 했었나요

또 한해가 시작되고
쉰여덟 번째 봄이
흘러가고 있지만
소소한 다짐도 않기로 해요

비장한 다짐을 한 발걸음이
이젠
너무 버겁다는 것을 알잖아요

얼었던 강이 녹고
새순이 돋아 잎을 피워도
그저 바라만 보아요

다만 더 자주 바라봐주고
그윽이 미소 짓는다면
다가올 세월이
그다지 모질지만은 않을 거예요

반추(反芻)

해가 저물도록
구구절절 기도 올리고 돌아오는 길
사하촌도 읍내 마을도
삼매(三昧)에 들어
고요한 길 열어주니
욕심 가득한 내 기도가
부끄러워지네

비애

날 수 없는 날개가 되어
겨드랑이에 붙어 버린 팔과
팔리지 않는 늙은 닭처럼
딴딴히 오그라붙은 오금쟁이
닭 부리 닮은 경관식 콧줄을 낀 그녀가

요양원 4인실 한켠에
재래시장의 털 벗은 생닭처럼 누워있다

꿈쩍도 하지 않는 팔다리의
관절 가동 운동을 시켜야 하는
나의 임무 대신
통하지 않는 이야기를 나눈다

그녀는
알 수 없는 이야길 구구거리고
나는 그녀가 겪었을
파란의 인생길을 상상한다

그녀가 품었을 어여쁜 병아리들과
따사로운 봄날의 나들이
인생 위기의 순간엔
거친 홰를 치기도 했으리라

창가에서
가슴이 빨간 새 한 마리
몇 시간이나 울어 대던 날

닭 모가지를 친 듯
한 바가지의 검붉은 피를
울컥거리며 토해낸 그녀는
오그렸던 팔과 다리를 축 늘어뜨렸다

그녀가 누웠던 생닭 좌판 같은
빈 침대 머리에 서서
한숨 한 번 몰아쉬는 게 고작인
어느 침울한 요양원의 오후

바지가 닮은 고부(姑婦)

아가야
많이 이뻐졌구나

직장생활 핑계 대고
일 년에 고작 몇 번 얼굴 내미는 염치없는 며느리
치매 걸린 눈으로 보아도
예쁜 구석 찾을 수가 없으셨나

당신 입은 꽃무늬 몸빼바지와
내가 입은 먹물들인 풍덩한 바지를
번갈아 보며 반복하는 말씀

너 참 많이 이뻐졌다
이제야 우리 식구가 된 것 같구나

새우처럼 굽은 등으로 마주 누워
등이 휘도록 고달팠던 지난날 되뇌이다
두 손 잡고 잠들어 버린
바지가 닮은
시어머니와 며느리

총총히 내리는 별들만
애잔하게 들여다보고 있었다

왜 이래여

칭찬을 들을 때나
당황스럽거나 혹은
민망하거나 고마울 때조차
불쑥 내가 꺼내는 말

-왜 이래여

나긋나긋하고 부드럽고
교양미 넘치는 서울말을 쓸라치면
위선을 떠는 것만 같아
세상에서 제일 촌스러운
산골 사투리로 말하는 게
차라리 마음 편한 나는 오늘도

-젊어 보여요
-에이, 각중에* 왜 이래여

왜 이래여란 말의 그 깊은 뜻을
당신은 알란가 몰라

*각중에: 갑자기의 경북 산간 지방 사투리.

흉터

내 오른손 네 번째 손가락은
흉측한 생김의 퉁가리를 닮았습니다
개울 속 유리 조각을 건지다 생긴
흉터입니다

사람들을 대할 때 상대가 놀라거나
나를 놀리지 않도록
손가락부터 감추는 습성이 생겼습니다

어느 날 당신은 다친 사연을
궁금하게 묻지도 않고 그저
퉁가리를 닮은 손가락에 입맞춤을 했지요

상처받은 수많은 날이
꽃잎으로 피어났습니다

사실
하루하루가 생채기로 얼룩지는 것이
우리네 삶이고 보면
가슴속 흉터 하나 숨기지 않은 사람 없습니다

깊은 상처를 입은 사람들이
감내했던 조롱과 비웃음은
성숙한 인격의 꽃을 피우는 거름이 됩니다

흉터는
언젠가는 피어날
고운 꽃잎입니다

패랭이꽃

옛사람들이 썼던
패랭이 모자 닮아
그 이름이 패랭이랍니다

똑 따서 머리에 얹으면
유월의 햇살쯤이야
너끈히 가려주는
패랭이 모자 됩니다

또 한 송이 똑따서
엄지 검지 비비면
팽그르르 잘도 도는
바람개비 됩니다

앙증맞은 그 자태 사랑스러워
패랭이 패랭이
자꾸자꾸 불렀더니
온 세상이 환해지고

나도 패랭이꽃이 되어
유월의 가문 방죽가에
수줍게 서서
단비를 기다립니다

문득

지난밤
문득 올려 본 하늘
수척한 반달에 그대 모습
어리더니

아침이슬 가르며 오른 남한산성
오솔길에 호젓이 핀
산목련도 그대 미소 닮았네

솔바람 휘돌아가는
끝자락에 편지를 쓴다

늘 그리웁다고

불효

비 내리는 늦가을 밤
홀로 찾은 포장마차
탁자 위 댕그마니 올려진
번데기 한 접시

지붕 위로 떨어지는 빗소리는
누에가 뽕을 갉아 먹던 소리
아버지 꿈을 키우던 소리

아이야
꿈을 가져라
큰사람이 되어라

아버지의 웅숭거리는 목소리가
빗방울 되어
가슴에 내리고

희미한 전등불 아래 보이는 것은
누에를 쳐서 오 남매 키워 낸
아버지의 주름살 닮아
차마 먹지 못하는
오종종한 번데기뿐

아버지 제삿날
나는 그렇게 포장마차에서
아버지와 마주하고 있었다

회전 그네

이리저리 방황하며
우주 저 멀리까지라도
날아가고픈 내가

아직도 적당한 거리와 속도로
기분 좋게 돌고 있는 것은

끝없이
나를 당겨주는
너의
우직한 구심력 때문일지도 몰라

어떤 윤회

낙엽이 후드득 흩날리는 늦가을 날
아버지 누운 무덤을 꾹꾹 눌러 밟고
마지막 이별주를 올릴 때
하얀 나비 한 마리
우리네 머리 위를 맴돌다
따사로운 가을 햇살 속으로
혼연히 사라졌다

아버지는
모두 가고 싶어 하는
극락이나 천상에 가지 않고
여러 번 나비로 다시 태어나
내 가는 곳마다
함께 살았다

진눈깨비 내릴 듯
을씨년스러운
늦가을 오늘까지도
무서리 맞은 자줏빛 국화 더미 위
처연한 날갯짓으로
나의 안위를 묻는다

세상에서 가장 특별한 식사

탄수화물 40g
단백질 13g
비타민 45g
당류 2g
식이섬유 1g
　·
　·
　·

경관식 제품의 한 끼 영양성분표이다

몇 년 동안 낮이나 밤이나 눈 한번 뜨지 않고
간혹 신음소리로만 살아있다는 신호를 보내는
요양원 어르신들의 콧줄 식사는
한정식 한 상보다 더 균형 잡힌 영양식이다

이토록 완벽한 영양공급으로
어르신들의 생명을 최대한 연장하는 것이
우리의 의무이다

살아있는 것은 모두 행복하라고 했던가

살아있다는 것
축복일까
형벌일까

시소

균형을
딱 맞추어야만
신나는 것이 아니야

이쪽저쪽
더하고 덜하고
번갈아 기울어져야지
공평하고 즐거운 거야

고요

시월의 햇볕 따가운 날
가을님 맞이하러 나선 들길
귀 따갑게 울던
귀뚜라미도 잠들고
벼 이삭 흔들던 바람도 졸고 있는데
들콩 터지는 소리만
톡
톡
톡

괴팍한 손님

꽃이 폈다고
모두 호들갑 떨던 어느 봄날 아침
꽃봉오리 터지는 소리보다 먼저
이명(耳鳴)이라는 이름의
괴팍스런 손님이 찾아와
반갑지 않은 선물을
넘치도록 안겨 주었다
쒜쒜거리는 마찰음과
매스꺼운 어지러움과
갑작스러운 무기력과
어떤 소리든 따라 하는 앵무새 한 마리까지
내 귓속에 쑤셔 처넣어 버렸다
숨 막히도록 화려한 봄날이 다 가도록
이 괴팍한 손님과 헤어지려
무진 애를 썼지만
귓속의 앵무새는
이렇게 쉽게 헤어질 순 없다고
더욱 큰 소리로 떠들어댔다
저 위대한 고흐도
이 괴팍한 친구와 이별하려
귀를 스스로 잘라 버렸다고 하지 않았던가
그래, 강으로 가자

차마 내 귀를 자를 순 없어
막 자라난 나뭇가지로
귓속의 앵무새를 마구마구 찔러댔다
파드닥거리며 튀어나온 앵무새는
아집, 어리석음, 편견, 욕심, 집착, 교만함, 자만심, 거들
먹거림……
이런 찌꺼기들을
강물이 검붉어지도록 토해내고 나서야 비로소
한마디 아쉬운 인사도 없이
강물 따라 유유히 날아가 버렸다
앵무새여
괴팍한 손님이여
안녕

지붕 낮고 담장 낮은
그 집 주인님의 어여쁜 마음 생각하며
오래오래 들여다보다가
완행 타고 가느니보다 약속 시간 늦고도
다시 걷는 발걸음 꽃잎보다 가벼웁다

별이 전하는 말

사람들은
이젠 별은 사라졌다고
큰소리로 말합니다

하지만 고요한 밤
가만히 들어 보아요

별은
작은 소망 하나 가슴속에 키우는 사람
키 낮은 풀꽃에 입 맞추는 사람
남몰래 우는 이
살며시 손잡아 주는 사람

그리고
자신의 내면을 고요히 들여다보는
사람들의 머리 위에서만
조용히 비춰주는 것이라 속삭인답니다

여유

퇴촌에서 서울 가는 길
완행버스로 천호동까지 가기는 느리고 답답해
직행버스로 갈아타려 번천 삼거리에 내렸다

바쁜 발걸음 멈추게 한
지붕 낮고 담장 낮은 허름한 스레트집

좁은 마당에 수북하게 자라난
쑥갓 상추 열무 고추 대파
주인님 살지게 할 푸성귀들 가운데에
먹지도 쓰지도 못할
아롱다롱 모란꽃 한 무더기
참으로 아름답게 느껴져

지붕 낮고 담장 낮은
그 집 주인님의 어여쁜 마음 생각하며
오래오래 들여다보다가
완행 타고 가느니보다
약속 시간 늦고도
다시 걷는 발걸음 꽃잎보다 가벼웁다

구랑리에서
-새로운 시작을 위하여

이제는 너무 지쳤다며
이대론 살 수 없다며
메마른 가슴을 쥐어뜯고 싶을 때

긴긴 장마 그치고
물안개 짙게 피어오르는
구랑리 강가에 서 보았느냐

버들가지 휘늘어져
거친 물결 따라 일렁이는 강가에서
산까치 까시락진 울음소리 들어 보았느냐

깊이를 알 수 없는
무섭도록 검푸른 강물 위를
가볍게 스치며 노니는
물잠자리의 눈부신 날갯짓을 보았느냐

끝없이 차알싹 거리며 여울져오는 잔물결에
더욱더 까매지는 자갈돌의
반짝거림을 보았느냐

모든 걸 띄워 보내고
황량한 그 강 한가운데서
내일 또 산더미 같은 황토물의 억수장마가 온다 하더라도
찬란한 광휘를 발하며 선
왜가리의 고고함을 너는 보았느냐
지금

개망초에게

너를 볼 때마다
예쁘단 말보다 먼저 떠오르는
너에 대한 시적 상징성
민초들의 애환

산에 들에 지천으로 피어나
농사를 망칠만큼 질긴 생명력
나라 망치는 풀이라며 붙은 이름
개망초야

오늘 내 너를
자세히 더 자세히 본다
무리 지어 하늘거리는 춤사위
올망졸망 눈물겹게 다정스런 어깨동무
적도보다 뜨거운 뙤약볕도
매미보다 혹독한 태풍도
너희들의 어깨동무를 풀진 못하리

개망초란 이름
도무지 어울리지 않아
내 이제 너를 희망초라 부르리

모과의 꿈

햇살 스며드는 창가
바구니에 연둣빛 모과 서너 개

못난이 인형 같아
아무도 눈길 한번 주지 않고
주근깨와 검버섯만 늘어간다

꽃으로도 과일로도
사랑받은 적 없는 모과
제 몸을 속속들이 썩히기로 결심했다

썩을 대로 썩어가며
가장 깊은 향기로 기억되고 싶은
모과의 꿈

이제 곧
집 안 가득 그윽한 향 피어날 것이다

가로수 삭발식

송파대로 플라타너스 가로수
가지치기 작업이 한창이다

멀건 허공에 잠겨있던 머리채를
날 선 톱으로 뭉텅뭉텅 잘라내니
번다한 도심의 사연 훌훌 털어내고
잠실벌이 환하다

잘린 가지들 사이로
석촌호수 물빛 더욱 짙어오고
가려졌던 불광사 팔작지붕
산뜻하게 다가오네

가부좌 틀었던 부처님도
큰법당 마루 끝에 서
흔쾌한 삭발식 구경 중이시다

삭발은 출가한 수행자가
속세와의 인연이나 마음에 들끓는
번뇌를 자르는 것이 아니라
우리네 속세와 더 잘 어우러지기 위한
통과의례인 것이라는
저 무위의 설법

풀이나 나무도 머리 깎고
조용히 화두 들고 있는데
나도
꽃같이 붉은 혈서 한 장
가슴에 새겨야겠네

며느리밑씻개의 항변

내 이름 누가 지었나
민들레니 수선화니 제비꽃이니
예쁜 이름 하고나 많건만

어느 심술 많은 시어머니가
어여쁜 며느리 밑을 닦아주라는
엄명을 내렸기에
내게 이런 오명을 씌웠나

내 가지에 까슬한 가시가
좀 있다기로서니
그 가시
엉겅퀴나 찔레나 장미에 비할까

모양이나 빛깔로 쳐도
어느 꽃보다 사랑스럽지 않으냔 말이다

이름 없는 풀꽃으로 살아갈지언정
며느리밑씻개라는 이름으론
더는 못 살겠으니
그 좋은 이름
잘난 당신들이나 가지시구려

마라도에서

오라
이곳은
물러설 곳 없는 척박한 땅
국토의 최남단

모슬포 운진항 선술집
늙은 자매 질곡의 사연일랑
막걸리 한 잔에 마셔버리고

너의 깊은 한숨
검푸른 바다에 버리고 오라

억새 함께 머리칼 휘날려
네 가슴 바람결보다
가벼워질 때

척박한 이 땅에
낮게 더 낮게 엎드린 들풀 사이
질긴 새순으로 돋아나는
희망을 보게 될지니

영식이네 회상

세상 살며 가장 부끄러웠던 일은 뇌성마비와 지체 장애로 불편한 팔다리 끌고 밥을 얻으러 다니는 영식이네 엄마를 놀렸던 일이다

우리 동네에서 시오리쯤 떨어진 산골동네에 사는 영식이네 엄마는 일주일에 한 번 정도 깡통이나 자루를 들고 밥을 빌러 다녔다

어른들은 쯧쯧 혀를 차며 꽁보리밥이나 김치를 나누어 주었고 아이들은 영식이 엄마가 동네에서 멀어질 때까지 '쫌보야 쫌보'라 소리치며 돌까지 던져대며 따라다녔다

초등학교에 입학한 우리는 같은 반 친구가 된 영식이를 이유 없이 놀리고 괴롭혔다

조금씩 철이 들면서 그 아이를 놀리는 일은 줄어들었지만 영식이는 끝내 친한 친구 한 명 없이 외톨이로 지냈다

아이들 대부분이 읍내에 있는 중학교에 진학할 때쯤 영식이는 소문도 없이 도회지 어드메로 밥을 벌러 나갔고 그네들은 서서히 잊혀져갔다

내가 중3이 된 어느 여름날 영식이 엄마는 유난히도 볼이 빨간 아기를 등에 업고 나타났다

영식이 엄마는 한 달 남짓 우리 집에서 누에치기 품삯 군으로 일하게 되었고 아버지가 누군지 알 턱이 없는 볼이 빨간 영식이 동색을 돌보는 일은 내 차지가 되었다

아이 아버지가 누구냐고 묻는 품삯 군들의 말에 그저 히죽 웃기만 할 뿐 시원한 답을 하지 않는 영식이 엄마의 아이 사랑은 참으로 대단한 것이어서 누구도 아이를 함부로 대하지 못했고 막내인 나는 졸지에 다정스런 언니가 되어야만 했다

영식이 엄마가 다른 동네로 밥을 구하러 다시 떠날 때까지 영식이 소식을 물어보지 못하고 놀리는 사람들이 없는 곳에서 살고 있을 거라고만 생각했다

이 나이 되어 버려진 장애아나 밥 굶는 아이들을 돕는 단체에 아주 적은 금액으로 또 다른 영식이네를 돕는 것이, 어릴 적 그네들을 놀리고 괴롭힌데 대한 최소한의 사죄라는 마음으로 아주 가끔씩 그 옛날의 영식이네를 회상한다

그네타기

자존심만 뻣뻣이 세운
뻗정다리로는
제대로 탈 수가 없어

아집스런 무릎은 굽히고
유연하게 반동을 구르며
가슴은
세상을 향해 활짝 열어야 해

조금은 느긋하게
조금은 힘 있게
그리고 유유히

더 멀리 가고플 땐
뒤로 더 뒤로
물러나서 다시
시작해야 해

코스모스 분분(紛紛)

코스모스가 하늘거리며
우리를 불러냈어요

달빛 환한 신작로를 걷고
속삭이는 개울가를 걷고

꽃 너울 따라다니다

꽃잎같이 하늘하늘한 입맞춤하며
새벽을 맞아버렸어요

이별 후에

한 줌 재로 돌아간 님 품에 안고
실비를 맞으며
당신이 가꾸었던 사과밭을 지나고
잡초 무성한 들길을 줄지어 걸을 때
아무도 슬프다고 아쉽다고
눈물을 흘리지 않았습니다

당신이 유난히도 좋아했던
도라지밭을 지날 즈음
장대비 몰아치자
나 죽은 뒤에 울지 말라던 말씀을 어기고
맘 놓고 실컷 울어버렸습니다

바람 따라 빗줄기 따라
이리저리 흔들리며
애잔하게 웃고 있는 도라지꽃은 정녕
모진 세월 질기게 살다 간
당신의 미소를 닮았습니다

당신을 생각하며 다시 울지는 않겠습니다
삶이 버겁다고 느껴질 때마다
장대비 속에서도
굳건히 서서 버티던
당신 닮은 도라지꽃만
떠올리겠습니다

청계사 와불

이슬비 내리는 산사의 오후
숲은 깊은 적막에 젖어 드는데

극락보전 옆 넓은 마당에
자비로운 부처님이 우산도 안 쓴 채
팔베개하고 누워 계신다

와불님 얼굴에 흩뿌리는 빗줄기가 안타까워
우산을 씌워 드릴까 걱정하니
부처님 그윽이 웃으시며
그 걱정까지도 내려놓으라 하시네

새들도 그 말씀 알아듣고 기쁘게 우짖어
처마 끝 풍경을 흔드니
절 아래 동네까지 저리도 환하다

홍매화 가지 부여잡고

오랜 세월 내 안에 함께한 고집불통 너를
108번의 참회로 내려놓고
사뭇 가벼워진 마음으로
조심스레 돌아서는 법당 모퉁이

타는 저녁노을 받으며
수천의 홍매화 봉오리에 맺힌
환장할 너를
그새 다시 만난다

애당초
그깟 108배쯤으로
흔쾌히 떠나 줄
호락호락한 그대가 아니었지

그래, 차라리
저 깊은 저녁 예불 종소리 울릴 제
홍매화 가지 부여잡고
꺼이꺼이 목 놓아 울어버리라

잔치국수

소면 쫀득하게 삶아내어
팔팔 끓인 멸칫국물 흥건하게 붓고
달달 볶은 애호박에
김 가루 참기름 한 방울 떨어트리면
늘어졌던 휴일 오후의 집안 분위기
이내 훈훈해져 작은 잔칫집이다

큰아들 여자친구 자랑이나
작은아들 직장 연봉협상 이야기도
국수 가락처럼 술술 잘도 풀리어

기분 좋은 이야기엔
후루룩, 장단 맞춰 국수 가락 삼키고
걱정스런 이야기엔 국수 가락 끊으며
쯧쯧쯧

세상에서 가장 짧고 깊은 말
세상에서 제일 소박한
잔칫집에서 들을 수 있는 말

후루룩, 쯧쯧쯧

일요일 저녁 우리는
모처럼 식탁에 둘러앉아

하나 된 춤

한가위 앞두고
석촌호숫가 불광사 큰법당에
탈북동포 법회가 열렸습니다

우리 모두 부처님입니다
이 자리에서 모두 행복하십시오

북한이 고향인 노스님의
절규 어린 법문이 끝나고
한바탕 잔치마당이 벌어집니다

두둥 두두둥
신명 나는 난타 소리에
함흥서 온 칠십육 세 할머니도
청진서 온 이십육 세 아가씨도
뒤꿈치를 추켜들고
남실남실 춤을 춥니다

삘닐니리 삘닐니리
애절한 퉁소 가락에
나도 그만 엉거주춤
그네들과 손을 잡고 춤을 춥니다

남도민요 서도민요
목청 놓아 함께 부를 때
우리네 꼭 잡은 손에
뜨거운 정이 흘러넘쳐
가슴도 뜨겁고 눈시울도 뜨겁고

호숫가 청청한 노송도 놀라
법당 안을 들여다보며
술렁술렁 가지 춤을 추고
큰법당 부처님도
너털웃음 웃으며 어깨춤을 춥니다

용서

그 나무 앞에 오늘도 우두커니 서 있습니다
수십 년 전의 내가 나뭇가지에 매달려 있는 것 같아
굵직한 원줄기는 베어지고
잔가지에 잎만 무성한 나무 앞에
나도 모르게 멈추었습니다

너무 왕성하게 자라 주변이 어지럽다고
누군가 이 나무의 기둥을 잘라낸 날
그해 여름이 떠올랐습니다

학과장연구실에서 일한 임금으로는
등록금을 맞출 수 없어
봉제 공장에 학비 벌러 가겠다는 나에게
어린 것이 돈만 좋아한다는 경멸의 말로
내 꿈의 원기둥을 잘라버렸다는 것을
당신은 모릅니다

잘려 나간 나무 기둥에서 솟아난 진액의 농도만큼
내 눈물도 아팠습니다

당신의 부음을 듣던 날
당신을 용서한 것은
나를 용서하기 위해서입니다

원줄기도 없는 저 나무에
천사의 나팔이라는 꽃 몇 송이
환하게 피었습니다
잘라도 시들지 않던 내가
매달려 있습니다

황홀한 일몰

해 질 무렵
남한강변 물안개공원
아치형 구름다리 가장 높은 곳에 서서
다리 아래로 느리게 흐르는 세월이나
그 세월이 피워 내는 연꽃향 맡으며
꽃향기보다 먼 기억들의 파편들을 바라본다

진실로 다정했던 사람들의 기억이
연꽃 송이로 하나둘 피어오를 때
저 멀리 예봉산 태울 듯한 노을은
황홀한 일몰을 준비하고

물소리보다 잔잔하게 모두가
노을 속으로 혼연히 사라지는
아, 찬란한 순간이어라

자적의 인생론과
서정적 진실의 탐색

김송배
(시인, 한국시인협회 심의위원)

자적의 인생론과 서정적 진실의 탐색

김송배

(시인, 한국시인협회 심의위원)

1. 삶의 고뇌와 인생의 지향점

　우리 인간들은 탄생된 소중한 생명에 대한 경외감(敬畏感)으로 삶과 인생, 그리고 생사에 대한 다양한 사유(思惟)와 동시에 생활 현장에서 현실적인 고락(苦樂)을 영위하면서 자신의 인생 지향점을 스스로 개척하면서 살아가고 있다. 이는 그 삶에서 어차피 겪게 되는 희노애락(喜怒哀樂)의 정적인 체험을 유발하고 거기에서 우리 시인들은 자신만의 특유한 이미지를 창출하게 되는 정신적인 시적인 발성법을 읽을 수 있게 한다.

　여기 황경연 시인이 상재하는 시집『틈새에 피는 꽃』을 일별하면서 먼저 이러한 상념에 젖는 것은 그가 다채롭게 구상하고 분출하는 시법에서 그 소재나 주제가 대체로 보편적인 삶의 일상성에서 상황을 설정하고 우리들에게 보여주거나(shwing) 들려주는(telling) 시적인 전개가 평범하면서도 무엇인가 인생론적인 주제를 가미(加味)하고 있다는 그의 시정신을 읽을 수 있기 때문일 것이다.

일찍이 톨스토이는 그의 『참회록』에서 "삶의 의문에 대한 나의 탐구는 마치 내가 깊은 숲속에서 길을 잃은 사람이 경험한 것과 똑같은 경험"이라는 말로 누구나 자신의 삶에 대한 의구심으로 살아가는 것이 인생이라고 할 수 있을 것이다. 황경연 시인도 이와 같이 자신의 순정적인 삶에서 도출된 체험들이 여과(濾過)된 정신적인 지향점이 바로 어쩔 수 없이 긍정하고 수용해야 하는 자신의 언어로 작품을 완성하고 있는 것이다.

무언가 새로운 출발을 하며
억지 꿈이라도 만들어 놓고
그 얼마나 많은 다짐들을 했었나요

또 한해가 시작되고
쉰여덟 번째 봄이
흘러가고 있지만
소소한 다짐도 않기로 해요

비장한 다짐을 한 발걸음이

이젠
너무 버겁다는 것을 알잖아요

얼었던 강이 녹고
새순이 돋아 잎을 피워도
그저 바라만 보아요

다만 더 자주 바라봐주고
그윽이 미소 짓는다면
다가올 세월이
그다지 모질지만은 않을 거예요

　　-「그냥 살기로 해요」 전문

　황경연 시인은 우선 순박한 사유의 방식으로 삶을 이해하고 실천하면서 살기를 다짐하고 있는 것이다. 그가 도입한 제재에서 알 수 있듯이 "그냥 살기로 해요"라는 일상적인 그의 사유가 그동안의 고행이나 불합리들의 요소들은 모두 이해하고 수용하면서 긍정적인 심적으로 지향하는 체념 혹은 자적(自適)하는 안온한 심리적인 평온을 갈망하고 있는 것이다.
　그는 시적인 상황 설정에서 "무언가 새로운 출발을 하며/억지 꿈이라도 만들어 놓고/그 얼마나 많은 다짐들

을 했었나요"라는 어조에서 이해할 수 있듯이 그의 삶
에서 유추할 수 있는 그동안의 난관이나 고초(苦楚)를
초월하여 이제는 "쉰여덟 번째 봄이/흘러가고 있지만/소
소한 다짐도 않기로"했다는 그의 소신(所信)은 확고하게
그의 내면 의식을 정립하고 있는 것이다.

　또한 그의 인식에는 그가 삶의 행로에서 비장한 다짐
으로 일관(一貫)했다면 이제 와서 "너무 버겁다는 것을
알"게 되었다는 인식의 전환을 통해서 세상 만물의 변
화에고 "그저 바라만 보"겠다는 안온의 경지를 추구하
고 있어서 그의 삶에 대한 인생관이 어떻게 변화하고 있
는지를 공감하게 되는 것이다.

　　상처받은 수많은 날이
　　꽃잎으로 피어났습니다

　　사실
　　하루하루가 생채기로 얼룩지는 것이
　　우리네 삶이고 보면
　　가슴속 흉터 하나 숨기지 않은 사람 없습니다

　　깊은 상처를 입은 사람들이
　　감내했던 조롱과 비웃음은
　　성숙한 인격의 꽃을 피우는 거름이 됩니다

흉터는
언젠가는 피어날
고운 꽃잎입니다

-「흉터」중에서

황경연 시인의 뇌리에는 지난날의 고뇌에 대한 참회
의 시정신을 강렬하게 투영하고 있는 것이다. 실제로 현
실은 우리 인간들에게 많은 고통과 비애를 던져주고 있
으나 그는 이를 우리들의 삶에서 생채기와 가슴속 흉터
그리고 "깊은 상처를 입은 사람들이/감내했던 조롱과
비웃음은/성숙한 인격의 꽃을 피우는 거름이" 된다는
고차원의 지적(知的)인 정신세계를 탐색하고 있어서 그
는 결론으로 "상처받은 수많은 날이/꽃잎으로 피어났"
다는 어조로 절망의 삶을 희망으로 전환하는 그의 시법
을 이해하게 되는 것이다.

저마다 역경의 빛깔과 시련의 향기로
피고 지고 이렇게 또 한 송이 한 송이
피어나고 있는 것이다

우리는 모두

더 아름다워지지 않아도
더 향기로워지지 않아도
억겁의 풍파를 품은
영원히 지지 않는 꽃이다

　-「지지 않는 꽃」 중에서

　한편 그는 이처럼 "지지 않는 꽃"에서 그가 삶의 역경을 비유적인 시법으로 형상화하는 어조는 남다르게 읽을 수 있을 것이다. "저마다 역경의 빛깔과 시련"이 한 송이의 향기로 피어나서 우리들에게 더욱 풍족하고 유복한 환경을 염원하지 않아도 "억겁의 풍파를 품은/영원히 지지 않는 꽃"으로 남는다는 그의 숭고한 인생관으로 현현되고 있어서 우리들의 공감을 흡인하고 있는 것이다.

　다시 그는 작품 「구랑리에서-새로운 시작을 위하여」중에서도 산까치의 까시락진 울음소리와 물잠자리의 눈부신 날개짓과 까매지는 자갈돌의 반짝거림 그리고 왜거리의 고고함을 그가 "메마른 가슴을 쥐어뜯고 싶을 때" 그의 고향 "구랑리 강가에서 보았느냐"고 자문(自問)하면서 새로운 시작을 알리고 있어서 그의 삶에 대한 욕구를 이해하게 하고 있는 것이다.

2. 고뇌의 성찰과 간절한 기원

황경연 시인은 다시 그의 인생 여정에서 삶에 대한 애착으로 설정하는 간절한 소망이 있다. 그것은 지금까지의 고뇌와 아픔 등을 해소하기 위한 하나의 방편으로 내면 깊숙이 간직한 소망들이 작품으로 형상화하고 있는 경향을 목도(目睹)하게 되는데 이는 그가 여망하는 삶에 대한 성찰이며 가치관에 대한 새로운 지향성을 적시하는 것이다.

이러한 그의 의식은 이미 〈시인의 말〉에서 "살아가는 것이나/시를 쓰는 것이나/사방에서 불어오는 바람 속에서/싹을 틔워 꽃을 피우는 일이다/폭풍우 속을 걸어온 지난날들을/이제는 다 털어내려 한다/흔들림 없는 가을 들꽃처럼/환하게 웃으며/저 들판에 서고 싶다"라고 천명(闡明)한 바와 같이 그가 그의 여망이나 소망은 모두가 자성(自省)을 전제로 하고 있어서 그의 삶에서 투영하고 싶은 간절함은 그의 깊은 삶의 중심을 표명(表明)한 것이다.

골목길 틈새에
제비꽃이 피었다

햇볕은 언제나
잘 정돈된 정원의 목련나무만을 쪼여
크고 환한 꽃등을 밝히지만

별이나 달도 내려오지 않는
그 틈새에도
꽃은 핀다

간절한 소망은 어디서나
꽃으로 피리니

아픔을 삼키고
질기게 뿌리내려
조그만 등불 하나 밝힌
고귀한 꽃 한 송이

-「틈새에 피는 꽃」 전문

이 작품은 이 시집의 표제시가 되는 그의 중심 사유
의 시적인 진실이라고 할 수 있을 것이다. 그는 이 "틈새
에 피는 꽃"이 적시하는 상징이나 비유는 그가 평소에
간직했던 순화된 사유의 일단을 골목길 틈새에 핀 제비
꽃의 아픔에서 자신을 투영하는 이미지를 창출하고 있

는 것이다.

그는 여기에서 획득한 진실은 "간절한 소망은 어디서나/꽃으로 피리니"라는 어조에서 명징(明澄)하게 드러나고 있는 것이다. 돌틈에서 어렵게 피어난 제비꽃의 모진 고통이나 고독한 삶 그리고 이를 극복하려는 인내 등은 바로 이러한 소망을 통한 성찰의 염원이 발흥(發興)하여 그의 진실을 적나라하게 적시하고자 하는 시법은 우리들을 공감의 영역으로 흡인시키고 있는 것이다.

일찍이 미국의 사상가 에머슨은 우리 인간은 모두 어떤 발견의 항해(航海)의 도상에 있는 탐구자라는 말과 같이 황경연 시인도 어쩌면 "아픔을 삼키고/질기게 뿌리내려/조그만 등불 하나 밝힌/고귀한 꽃 한 송이"라는 어조와 같이 인생항해의 새로운 발견을 위한 탐구자가 아닌가 단정하기도 한다.

내 허리까지만 닿는
나무 울타리를 치고 싶다

높은 담장으로 감추어야 할 것이 아무것도 없는 나는
그저 안에서나 밖에서나 훤히 보이는 마당에
호박넝쿨 실하게 키워 밥공기만한 애호박 걸어 놓고

아침마다 이슬 깨트리며 노래 부르는 나팔꽃도 올리고
꽈리 열매 단풍보다 더 곱게 익을 때까지 기대어 설
딱 그만큼의 높이로 서 있고 싶다

울 밖에도 봉숭아꽃 나란히 심어
오가는 이 함께 손톱에 꽃물 들이는
안과 밖이 따로 없는 그런
허리까지만 닿는 나무 울타리를 치고 살고 싶다

-「울타리」 전문

　그의 기원 의식의 실체는 "울타리"라는 사물에서 감지할 수 있듯이 매 연마다 "싶다"라는 접미사를 사용하여 그가 소원하는 모든 형태의 심신을 소망하고 기원하고 있는 것이다. 그는 "내 허리까지만 닿는/나무 울타리를 치고 싶다"는 시적 상황 도입에서부터 그가 전개하는 작품의 흐름은 자신의 현재 상황과 존재의 위치에서 분수에 걸맞게 적절한 정도의 자기를 정립하고 싶은 순정미가 발현되고 있는 것이다.
　그는 "높은 담장으로 감추어야 할 것이 아무것도 없는 나"라는 위상에서 울타리에 산재한 현실적인 상황을 안온하게 수용하고 긍정하면서 유유자적(悠悠自適)의 인생을 구현하려는 시법을 이해하게 한다.

그의 소망은 울타리와 동행하는 호박넝쿨이나 나팔꽃, 꽈리 열매, 봉숭아꽃들과 함께 "안과 밖이 따로 없는" 나무 울타리를 두르고 살고 싶은 순수성의 진실이 진솔하게 표출하고 있어서 그의 인생관을 다시 감응(感應)할 수 있게 하고 있는 것이다.

이처럼 황경연 시인은 자연 친화와 더불어 지신의 적요(寂寥)를 통한 인생적(혹은 시적) 이미지의 창출을 모색하면서 "태양은 아직 저리도 찬란한데/한 가닥 미련도 없이/송이째 툭 떨어지는/저 도도한 낙화//내 마지막도 저와 같아라/내 무덤도/능소화 꽃무덤만 같아라(「능소화 지다」 중에서)"라거나 "강 깊이 침잠된 내 아픔들도/무심한 소쩍새 소리 들으며/그곳에서 그렇게 편안해질 것입니다(「유월의 강가에서」 중에서)"라는 등의 어조와 같이 그의 여망은 안분지족(安分知足)의 범주에서 그동안의 고뇌와 번뇌를 상쇄(相殺)하려는 궁극적인 심려(心慮)를 이해할 수 있게 하고 있는 것이다.

3. 고향과 가족들에 대한 향수

우리들은 누구나 고향에 대한 그리움을 간직하면서 살아간다. 그곳은 내가 태어나서 자란 인생의 터전이며 삶의 근거지였다. 그 그리움이 멈춰선 곳에는 언제나 부

모와 가족들이 존재한다. 일찍이 조지훈 시인은 어느 글에서 고향의 산천은 어떠한 명승지보다도 아름다운 곳이라는 말로 고향에 대한 찬사를 아끼지 않았다.

황경연 시인도 영원한 불망(不忘)의 대상으로 남아서 그의 내면 심중에 남아있는 고향과 가족에 대한 그리움이 복합적인 이미지로 생성하여 그의 사유에서 발흥하는 시법으로 형상화하는 정신적인 원류로 깊게 흐르고 있는 것이다.

이와 같은 향수에는 그가 탄생한 생명의 모태(母胎)인 어머니와 가족들 그리고 생장하면서 체험한 고향 산천의 풍광(風光)을 비롯해서 생활 현장에서 보고들은 풍습 등의 정감어린 생생한 현장의 실생활(real life)들이 세세하게 망라하는 이미지의 보고(寶庫)라고 할 수 있을 것이다.

황경연 시인은 떠나온 고향의 추억을 되새기면서 유년의 애틋한 감정의 이입(移入)이 그의 작품에서 중심축을 형성하는 것도 그의 뇌리에서 지울 수 없는 향수의 여운이 메아리치고 있기 때문이다. 이태백도 "고개 들어 산 위 높이 솟은 달을 보고 고개를 숙이면 문득 고향 생각이 떠오른다(擧頭望山月 低頭思故鄉-靜夜思)"라고 읊었듯이 고향은 참으로 아름다운 그리움의 대상이다.

나지막이 소곤거리는 소리 있어 나가보니

휘영청 밝은 달에 걸친 구름만

두고 온 고향산천 그리며 노닐고 있네

아, 그 시절

동무들과 거닐던 솔밭길 비추이던

다정한 그달이 예까지 찾아와

텅 빈 가슴 채워 주네

애달프게 부르는 소리 있어 나가보니

창백한 달빛 아래 귀뚜라미만

두고 온 고향 개울물 소리 내며 울고 있네

아, 그 시절

그 애와 거닐던 코스모스길 비추이던

아련한 그달이 예까지 찾아와

그리운 맘 달래 주네

-「가을밤에」 전문

　황경연 시인은 "가을밤"에 달빛의 "나지막이 소곤거리
는 소리" 들리면 그는 "휘영청 밝은 달에 걸친 구름만/
두고 온 고향산천 그리며 노"니는 어린 시절을 회상하고
있는 것이다. 또한 귀뚜라미의 "애달프게 부르는 소리"
를 들으면 그 시절의 고향 개울이 목소리 내면서 흐느
끼고 있는 정경(情景)에서 그리움은 그의 온몸을 엄습(掩

襲)하고 있는 것이다.

이렇게 고향의 휘영청 밝은 달에 걸친 구름과 동무들과 거닐던 솔밭과 귀뚜라미 우는 소리, 개울물 소리 그리고 "그 애와 거닐던 코스모스길"등의 추억이 아련하게 "그리운 맘을 달래 주"고 있는 것이다.

한편 그는 "고향에서 왔다는/호박잎 쌈 반가워/강된장 한 숟가락 듬뿍 얹어/볼이 미어지도록 한 쌈을 쌉니다(「호박잎 쌈」 중에서)"라거나 "늦은 오후/추적추적 내리는 빗소리에는/멀고도 오래된 고향의 노래가 실려 있습니다(「배차적 연가」 중에서)"또는 "아,/모진 세월 살아내고/근사하지도 훌륭하지도 않은/중년의 내가 돌아가 고단한 삶 뉘고 싶은/그 동네 구랑리(「그 동네 구랑리 2」 중에서)"라는 어조로 고향에 대한 회억(回憶)은 더욱 시상(詩想)을 자극하는 촉매제가 되고 있는 것이다.

엄마의 고단한 보자기 속엔
보리쌀 한 됫박과
쪄내 나는 고등어 한 손뿐

앞서가는 엄마 뒤
고개를 외로 꼬고
둔디미 고갯마루 벌겋게 핀 참꽃만
애꿎게 툭툭 치며 걷는 걸음

소쩍새 울음소리

타박타박 따라오고 있었다

　-「구랑리역 풍경」 중에서

　황경연 시인은 경북 문경 마성면 구랑리가 고향이다. 구랑리역을 중심으로 그의 고향에 대한 애환이 지금도 질펀하게 상기(想起)되면서 시적인 테마(주제-thema)로 등장하고 있어서 우리들의 공감은 더욱 확대되고 있는 것이다.

　그는 "엄마의 고단한 보자기 속"에서 당시의 농촌의 풍경이 잘 묘사되어 있다. 이러한 그 시대의 어려움이 지금은 그의 시적인 상황으로 변해서 우리 국민들이 겪었던 고난의 생활상이 "보리쌀 한 됫 박과/ 쩐내 나는 고등어 한 손"으로 형상화하고 있어서 그의 향수는 "엄마"를 주체(主體)로 해서 더욱 심화(深化)하고 있는 것이다.

　다시 그는 엄마뿐만 아니라, 오빠와 언니 그리고 아버지에 이르기까지 다채로운 정한(情恨)의 스토리를 들려주고 있어서 그의 의식의 흐름은 작품을 통해서 만감(萬感)의 교차를 느끼고 있는 것이다. 이러한 그의 심저(心底)에 충만한 언어는 다음과 같이 읽을 수 있을 것이다.

〈엄마〉

-감꽃 피는 초여름이었습니다/아버지는 새로 개발하는 광업소 일 나가시고/엄마는 기차 타고 점촌장으로/언니조차 4H 클럽 교육받으러 간 날/따가운 햇볕이 감나무 잎을 찰랑거리게 해도/마당 가득 허기가 켜켜로 쌓였습니다(「감꽃」 중에서)

-배가 부른 까까머리 아부지는/감꽃 목걸이 정성스레 만들어/단발머리 엄마에게/수줍게 걸어 주었습니다(「감꽃 2」 중에서)

-터지는 울음 참으려 올려 본 하늘/희미하게 떠오른 반달엔/움푹한 엄마 얼굴로 가득했다(「공순이의 꿈」 중에서)

〈오빠〉

-내 평생의 파수꾼이 되어 준 오빠야/다음 어느 생에는/내가 누나가 되어 지켜 주고픈/언제나 그리운 나의 오빠야/참 고마운 오빠야(「오빠야」 중에서)

-처음이자 마지막이었던 위대한 탐험 길은/실패로 끝이 났지만/내 마음속 영원한 영웅인 오빠 손 꼭 잡고/돌아오는 산길이 다정하게만 느껴지던/유년의 어느 날이었다(「용감한 소년」 중에서)

〈언니〉

-장닭의 벼슬 닮은 고고한 꽃잎을 보면/세상에서 제일

강한 언니 얼굴이 떠올라요/온갖 풍파 이겨내고 이제는/
보살님 미소 짓는/울 언니가 그리워져요(「울언니」 중에서)

〈아버지〉
－지붕 위로 떨어지는 빗소리는/누에가 뽕을 갉아 먹던
소리/아버지 꿈을 키우던 소리(「불효」 중에서)
－아버지는/모두 가고 싶어 하는/극락이나 천상에 가지
않고/여러 번 나비로 다시 태어나/내 가는 곳마다/ 함께
살았다(「어떤 윤회」 중에서)

4. 자연서정과 시간성의 향연

황경연 시인은 지금까지 삶에서 추적(追跡)하거나 회상
된 체험에서 획득한 이미지들에서 다시 외적(外的)인 자
연 세계로 시선을 넓히고 있다. 그는 잡다한 일상적인
생활 범주에서 벗어나 "언제부터였을까//저 꽃집의 화려
한 장미보다/개천가에 지천으로 피어난 애기똥풀이/더
예쁘게 느껴지기 시작한 때는(「때」 전문)"이라는 자연 서
정에 몰입하는 시법을 읽을 수 있게 한다.

그는 만유(萬有)의 자연계에서 생성하는 복합적인 양
상에서 다양한 이미지를 창출하고 있는데 여기에는 생
물과 무생물의 구분 없이 지천으로 산재한 자연에 대하

여 시각적으로 흡인한 사물에게 자신의 안온한 서정성이 화합하고 화해하면서 자연 친화와의 안정을 구현하고 있는 것이다.

그가 응시하는 대상 사물에는 산과 강 그리고 꽃들과 함께 구름과 달, 일몰 등 그의 시선이 멈추는 많은 사물에서 자신의 정서와 사유의 지향점이 동시에 발현하는 서정시의 원류를 형성하고 있어서 그는 완연한 서정시인으로서 확고하게 정립하고 있음을 이해하게 한다.

해질 무렵
남한강변 물안개공원
아치형 구름다리 가장 높은 곳에 서서
다리 아래로 느리게 흐르는 세월이나
그 세월이 피워내는 연꽃향 맡으며
꽃향기보다 먼 기억들의 파편들을 바라본다

진실로 다정했던 사람들의 기억이
연꽃 송이로 하나둘 피어오를 때
저 멀리 예봉산 태울 듯한 노을은
황홀한 일몰을 준비하고

물소리보다 잔잔하게 모두가
노을 속으로 혼연히 사라지는

아, 찬란한 순간이어라

-「황홀한 일몰」 전문

황경연 시인은 우선 "해질 무렵/남한강변 물안개공원"에서 바라본 "황홀한 일몰"에서 그의 고양된 정신(poetry)이 자의식으로 서정적인 사유가 발현되고 있다. 그는 이처럼 시정신에서 미적(美的)인 개념뿐만 아니라 진실에 감응하는 시법을 이해하게 하는 것이다.

그는 고개를 들어 황홀한 일몰을 보고 있으면서도 다시 "다리 아래로 느리게 흐르는 세월"을 감지하고 그 세월이 피워낸 연꽃향을 맡으며 먼 기억의 파편을 보고 있다. 이러한 상황에서 그는 노을과 연꽃 그리고 세월의 대칭적인 이미지의 합일(合一)은 어쩌면 형이상적(形而上的)인 고차원의 시법을 구사하고 있는지도 모르겠다.

이처럼 "해 질 무렵"과 "찬란한 순간"이라는 시간성에서 그는 어떤 상상에 잠겼을까. 일몰의 이미지나 상징은 사라지는 하루의 끝인데 여기에 황홀하다는 형용사를 덧붙임으로써 인생의 피날레(finale)의 장엄한 순간을 그는 염원하고 있다는 심적인 유동(流動)을 짐작하게 하고 있는 것이다.

초가을 저물 무렵
삼태기산 꿀밤나무 아래에 앉아보렴
어깨 위 무거운 짐 내려놓고
그저 편한 다리쉼을 하다가

코끝을 간질이는
달콤한 칡꽃 향기에 취해도 보고
산 아래 논배미에 익어가는
구수한 나락 내음도 배부르게 마셔보렴

지난 일을 후회하지도 말고
뉘엿뉘엿 넘어가는
황홀한 노을빛 바라보며
푸르른 귀뚜라미 노래에 장단 맞추어
잊었던 연가 소리 내어 불러보렴

　-「쉬어가기」 중에서

　여기에서도 "초가을 저물 무렵"이라는 시간성에부터
출발하고 있다. 그는 "달콤한 칡꽃 향기에 취해도 보고/
산 아래 논배미에 익어가는/구수한 나락 내음도 배부르
게 마셔보"거나 "황홀한 노을빛 바라보며/푸르른 귀뚜라
미 노래에 장단 맞추어/잊었던 연가 소리 내어 불러보"

라고 권하면서 "쉬어가기"를 청하고 있다.

　이러한 그의 친자연적인 사유에서 동화(同化-assimila-
tion)하는 "저물 무렵"이나 "뉘엿뉘엿 넘어가는" 노을빛
등의 이미지는 앞에서도 언급한 바와 같이 이제 생에
대한 자성(自省)과 함께 쉬어가면서 정리하는 그의 심리
적인 일단을 엿보게 하고 있는 것이다.

　그의 서정은 얼마나 아름답게 들리는가. "달콤한 칡꽃
향기"나 "푸르른 귀뚜라미 노래" 등의 언어적인 묘미(妙
味)는 "그대 고단한 마음/ 저 환한 달에 걸린 구름처럼/
안온해질지니"라는 이 작품의 결론과 같이 그가 인생행
로를 서행(徐行)하라는 메시지를 명민(明敏)하게 적시하고
있어서 우리들의 공감을 흡인하고 있는 것이다.

　황경연 시인은 이 밖에 자연 사물 중에서도 야생화에
대해서 많은 서정적인 이미지 투영하는 시법 전개를 읽
을 수 있는데 작품 「달맞이꽃」 「구절초」 「패랭이꽃」 「개
망초」 「코스모스」 등등에서 그의 미감이 가미된 서정을
확인할 수 있게 하고 있는 것이다.

　황경연 시인은 서정시인이다. 자신의 삶과 인생에서 많
은 고뇌와 번민을 타개하고 극복하는 방법으로 자신의
역경을 순화하는 시법에서는 자아의 인식과 성찰 그리
고 기원 등의 상황들을 여과하면서 이제는 성숙한 자연
친화의 서정으로 돌아가는 인간애(humanism)로 귀결하
는 시적(혹은 인간적) 진실을 탐구하는 인생관으로 정립하

고 있어서 그의 안온한 의식의 흐름에 충만한 서정성에
찬사를 보내는 것이다. 시집 출간을 축하한다.

틈새에 피는 꽃

황경연 지음

발 행 처 · 도서출판 청어
발 행 인 · 이영철
영　 업 · 이동호
홍　 보 · 천성래
기　 획 · 남기환
편　 집 · 방세화
디 자 인 · 이수빈 | 김영은
제작이사 · 공병한
인　 쇄 · 두리터

등　 록 · 1999년 5월 3일
(제321-3210000251001999000063호)

1판 1쇄 발행 · 2022년 12월 20일

주소 · 서울특별시 서초구 남부순환로 364길 8-15 동일빌딩 2층
대표전화 · 02-586-0477
팩시밀리 · 0303-0942-0478

홈페이지 · www.chungeobook.com
E-mail · ppi20@hanmail.net
ISBN · 979-11-6855-106-0(03810)